Breves relatos

de mi mundo extraño

Jorge Edo

1ª edición: Octubre 2012

ISBN: 978-84-939787-9-2
DL: B-26404-2012

© Del texto, Jorge Edo, 2012
© Diseño de la cubierta: Jorge Edo, 2012
Revisión del texto: Olga Montes i Cavallè
© De la edición, OmniaBooks, Omnia Publisher. S.L., 2012
www.omniabooks.com

Imprimido por Createspace

"Para mí, el mayor placer de la escritura no es el tema que se trate, sino la música que hacen las palabras."

Truman Capote

Índice

Prólogo

Después de un largo periodo de tiempo poco después de terminar mi primera novela *El enigma de Paul* decidí empezar lo que ahora tenéis en vuestras manos: *Breves relatos de mi mundo extraño*. Son una serie de relatos que desde hace años tenía guardados en mi a veces torpe memoria. Algunos de ellos estuvieron a punto de plasmarse en cortometrajes pero al final se quedaron escritos en el anonimato de alguna libreta de mi casa.

En estos relatos quedan reflejados varios aspectos importantes de la vida como el miedo, el amor, la desesperación, la tristeza, la soledad, etc. Todo desde una perspectiva muy personal y literaria.

Sin más aquí os dejo unos breves instantes de lectura de mi mundo extraño que es el vuestro también.

Jorge Edo

ELLA ES CALLADA

Está lloviendo y por ello no quiero llegar tarde a buscarla. Apenas sé como es y con ello confieso que mi impaciencia por verla es cada vez más evidente. He conocido otras muchas chicas más durante mi vida pero ninguna me ha despertado tanto interés como la de hoy. Me han hablado algunos amigos muy bien de ella: atractiva, esbelta, de preciosas facciones, cabello rubio platino, ojos azules y callada, sobre todo muy callada. La verdad es que ese dato no me importa, es más, quizá lo prefiero así. Mis problemas de comunicación con la gente me han vuelto quizá un poco como la chica de la que estoy hablando. Callado, muy callado.

Apenas quedan cuatro calles para llegar a su esperado encuentro e intento caminar lo más rápido posible por debajo de los edificios y toldos de las tiendas para que mi ropa no se moje demasiado, tengo que estar lo mejor presentable posible ante ella.

Su nombre es Lucy. El motivo del encuentro de hoy conmigo es gracias a la generosidad de mi viejo amigo James quien decidió darle mi dirección para que ella pasara unos días en mi casa con el propósito de hacerme compañía. Me hablaba tanto de ella que no tuve más remedio que pedirle que me la presentara. Ella vive con él, aunque exactamente no sé qué relación tienen el uno con el otro.

Y así ha sido como hoy por fin nos veremos cara a cara.

Los nervios atenazan mis heladas piernas nada acostumbradas a correr apresuradamente bajo esta lluvia torrencial. Además puedo comprobar cómo mis zapatos chasquean en su interior con cada uno de mis pasos, la gran cantidad de agua que he recogido de los charcos en la acera hace que el trayecto sea un calvario para mis pies. Esa sensación me pone de los nervios.

Ya estoy a pocos metros de la calle donde me espera Lucy. Me he parado en seco. Siento miedo e inseguridad. Hace más de 22 años que no he estado con una chica ante mí y, menos aún, que ella se preste a venir a mi casa. Un cosquilleo incierto de emoción me invade desde los pies a la cabeza. Mi corazón empieza a palpitar descontroladamente como un tambor frenético de locura; además mi timidez se acentúa con cada paso que doy hacia esa calle que ahora veo ante mí. Ya estoy a escasos metros de la puerta. No me atrevo... no puedo. Veo como entra y sale gente como si se tratara de algo banal... pero no puedo, estoy bloqueado, no sé qué sentiré al tenerla ante mí. Estoy inmóvil.

Tras unos segundos eternos retomo mis pasos decididamente hacia la puerta donde, con total seguridad, ella debería estar esperando impaciente por conocerme.

Empuño el pomo de la entrada lentamente haciéndolo girar en el sentido de las agujas del reloj, eclipsado a la vez por todos mis miedos e inseguridades, me adentro poco a poco a una gran sala en la que observo a una multitud de personas de pie y otras sentadas. Es una especie de lugar público. Voy cabizbajo, no estoy acostumbrado a estas situaciones y menos tratándose de una chica que viene en mi busca. Prosigo con mi camino hacia una especie de mostrador sin levantar mi mirada de las grises baldosas mojadas ese día por las múltiples pisadas de la gente. Mis pasos son lentos y confusos. De forma muy torpe tropiezo con un hombre trajeado que, con sus prisas y mi triste parsimonia, se cruza en mi incierto camino provocando de esa manera un choque corporal de hombro con hombro del que salgo perjudicado por mi baja estatura. Él actúa de forma poco educada soltando una insolente recriminación hacia mi persona. He de reconocer que no le he prestado demasiada atención a sus palabras ya que mi cabeza está ausente, no procesa otra cosa que no sea encontrar a Lucy en este extraño lugar.

Ya estoy en el abarrotado mostrador de madera del que cuelgan unas viejas y polvorientas lámparas. A mis espaldas veo mucha gente sentada en bancos con miradas de total aburrimiento por la espera. En mi cabeza corretea la posibilidad de que quizá una de esas personas podría ser Lucy allí observándome, pero ella no sabe cómo soy.

Observo que los empleados que atienden a la gente están con los nervios a flor de piel. Trago saliva y espero mi turno.

—¡El siguiente!– grita un chico con aspecto chulesco y cansado de tanta marea humana en aquel día.

—Yo– digo sin apenas forzar mis cuerdas vocales por la vergüenza que atesora mi frágil y huidiza personalidad.

—¿Sí?– dice él mostrando prisa y sin mirarme a la cara apenas.

—Lucy. Vengo a por Lucy. Me dijeron que hoy estaría aquí.

El chico se me queda mirando con mirada pensativa, emitiendo a la vez un leve suspiro que se ve alterado por el peculiar sonido de su chicle al mascar.

—Sí, aquí está tu Lucy. Eres el amigo de James ¿no?

—Sí– afirmo a su respuesta con decisión.

Sentí que todas las miradas presentes estaban puestas en mí. Tenían tanto interés en ver a Lucy como yo.

—Bien, espera voy a por ella. Te está esperando impaciente desde hace rato– Me contesta con una sonrisa malévola en su rostro.

El sudor helado que cae lentamente por la frente me otorga un leve hormigueo en la piel. Parece una

Breves relatos de mi mundo extraño

serpiente de extrañas sensaciones que origina que esa sensación de soledad continua en mi vida se sienta acompañada en esos momentos.

La espera se me hace eterna. A lo lejos veo como el chico viene con algo entre las manos y aireando algunos comentarios cómicos a los que se cruzan a su paso.

–Bien, aquí está tu Lucy- dejando una caja de cartón con grandes dimensiones sobre aquel desgastado mostrador de madera.

En uno de los lados se podía observar una nota adjunta escrita por James que decía lo siguiente:

"Hola amigo,

Aquí tienes a la dulce Lucy. Trátala bien y no olvides que no puede exponerse al sol ni a frías temperaturas. Debes lavarla una vez a la semana y sobre todo cuando hagas algo con ella sé cuidadoso porque puede perder el aire y ya lleva dos parches en la zona vaginal por el mal uso de algunos a los que se la presté.

Sin más espero que seas muy feliz durante estos días.

Mándamela lo más pronto posible otros también esperan a la dulce Lucy.

Atentamente

James"

15

EUROPA

Hoy es el día. Parecía que nunca iba a llegar ese dichoso número en el calendario. Llevo rato durmiendo pero mi mente es la que os habla en estos breves momentos. Ella habla por mí. Realmente habla sin perjuicios y sin temores. Dejo tantas cosas tras de mí hoy que no me atrevo a observarlas pero sé que en algún rincón de mi corazón estarán para siempre. Y si digo para siempre es porque realmente será casi imposible para mí volver a ellas otra vez.

La verdad es que de momento todo va bien... Nos va bien, más de lo que imaginaba. Mi hermano, deduzco que está a mi lado, no deja de hablar con alguien. No entiendo muy bien lo que dice, sus palabras se mezclan con las de los demás y con el dichoso ruido de fondo que nos acompaña.

Repito, ahora solo te habla mi mente.

No me arrepiento de nada, debo seguir adelante en la vida. Dejo tantos amigos allí que no sabría por dónde empezar.

La primera idea que tengo ahora mismo en mi mente es terminar mis estudios de medicina, eso es algo que debo hacer si quiero que mi vida cambie. Sé que no será nada fácil, además mi hermano no me lo pondrá fácil porque no sabe ir solo a ninguna parte, pero debe acostumbrarse, allí será muy diferente.

He sentido ahora mismo un golpe brusco en mi cabeza que me ha despertado un fortísimo dolor en la sien. Aún así no quiero ni pretendo despertarme, necesito que mi mente sea la que hable y piense por mí.

Oigo voces a mi alrededor, todas ellas difusas, unas más altas que otras, están muy cerca, las siento a mi alrededor. A la vez empiezo a sentir frío, quizá demasiado, aunque siga durmiendo profundamente mi cuerpo lo presiente pero me niego a despertar, no lo deseo. Justo ahora mismo noto como alguien me está tapando cuidadosamente con una manta, juraría que es mi propio hermano quien lo hace, aunque no estoy seguro de ello.

Sé que es muy repetitiva mi afirmación, pero lamento deciros que os sigue hablando mi mente aunque ahora algo más debilitada.

No penséis mal, no estoy muerto.

Europa. Ella me espera con los brazos abiertos como la madre que da la bienvenida a un hijo tras un largo viaje.

La he visto tantas veces en televisión que la imagino tal y como creo que es: histórica, moderna, civilizada, avanzada, solidaria y próspera. Allí ejerceré de médico estoy seguro.

Podría seguir hablando de Europa pero debo confesar que el frío está empezando a evaporar mi mente y con ella mis deseos. Siento que la manta que me cubre está totalmente mojada pero me resisto a despertar, sigo sin desearlo. Intuyo que algo va mal, no sabría decir el porqué, pero algo presiento que va mal. Las voces de mi alrededor cada vez son más altas y desesperadas. Escucho por primera vez el llanto de unos niños que lloran desconsolados y mujeres gritando desoladas de tristeza, no entiendo qué pasa... mi mente no lo entiende; debería ser todo diferente vamos a Europa, no debería ser así.

Debo despertar pero... ¡no! no quiero. Mi cuerpo está sometido en este momento a un vaivén vertiginoso que me propicia fuertes golpes en las piernas y en la cabeza.

Ya no escucho a mi hermano. Tengo miedo, frío, humedad, mareo... Siento aún mucho más aquel ruido que no sabía descifrar, apenas oigo las voces tan cerca de mí... ¿qué sucede?

De repente, y sin que mi mente me alertara de ello, siento como en mis fosas nasales y por mi boca empieza a entrar agua salada de forma descomunal haciendo que mis ojos se abran desorbitados de ese letargo fantasmal en el que estaba poseído para encontrar ante mí el vientre oscuro y frío del océano Atlántico.

Ya estoy despierto pero apenas tengo fuerzas para salir a flote. Veo otros cuerpos inertes flotando en la superficie, entre ellos el de mi hermano. Veo sus fríos ojos con una tétrica expresión de terror en su cara mirándome. Esa imagen me aterroriza y me culpa; él estaba en este viaje por mí.

Saco fuerzas de todas partes pero mi cuerpo no responde a mis deseos, me arrastra sin remedio al fondo del frío océano de forma cruel e irremediable. Cierro los ojos otra vez, vuelvo a estar como antes, dormido, pero esto ya no será un sueño exactamente.

No siento nada, ni vuestros pensamientos. Me diluyo en ese mar que engulle tantos sueños de personas que han pasado por aquí sin encontrar su oportunidad.

Me dejo llevar, ya no sé quién soy ni quién era… Algo empieza a rodear fuertemente mi pecho pero no me importa, noto como me lleva a la superficie a gran velocidad. No recuerdo nada más.

Despierto en un barco pesquero español pocas horas después del naufragio de nuestra patera. Estoy en una pequeña habitación con las paredes amarillentas y oxidadas por la humedad del mar. Me siento débil, triste, desorientado, abatido… ahora tristemente puedo decir que estoy en Europa.

3:15 DE LA MADRUGADA

Estamos contentos mi mujer Elisa y yo por haber comprado este viejo caserón a las afueras de Granada. Ello nos ha supuesto un gran esfuerzo económico en estos tiempos difíciles que corren pero, por nuestro amor, haríamos cualquier cosa.

Es un caserón andaluz el cual estamos restaurando a base de eternos créditos bancarios. Yo soy el arquitecto.

A pesar del lento papeleo burocrático de los permisos de obra con el ayuntamiento y las dificultades que tuvimos para encontrar obreros de calidad para este delicado trabajo de reconstrucción, estoy logrando felizmente con dedicación y esfuerzo reconstruir la estética que debería tener en aquella época. Data del 1890 y procede de una familia de terratenientes que emigraron a Madrid.

Actualmente en pleno auge de las obras, sólo utilizamos la cocina, el comedor y nuestra gran habitación con vistas al exterior. Las demás seis habitaciones están en pleno proceso de restauración por los albañiles y pintores que vienen desde Granada todos los días.

Hoy es nuestra primera noche aquí. Tanto Elisa como yo tenemos una cierta emoción al sentir que por fin tenemos nuestra propia casa. Antes vivíamos en un pequeño piso de mis padres en una zona céntrica de Granada. Para celebrarlo hemos abierto un viejo Rioja que el padre de mi esposa nos regaló en la última celebración navideña. La cena es sencilla, no estamos para muchos caprichos en estos momentos, un par de pizzas elaboradas por Elisa y ese delicioso vino que tardará poco tiempo en ser digerido por los dos.

Hablamos de muchas cosas en esa cena pero la que más me preocupa es lo referente a la inquietud que le produce a Elisa pasar tantas horas sola en esa casa mientras yo estoy en Granada trabajando. Le he hecho varias bromas en referencia a sus miedos como, por ejemplo, que tenía la situación idónea para ocultar a un amante, cosa que ella no ha encajado con ningún gesto de agrado. Al final de la charla acordamos que una vez terminadas las obras, y si nos lo permitía nuestra ajustada economía, compraríamos un par de pastores alemanes para proteger el gran caserón. Esta vez sí que ha encajado con agrado mi propuesta. Yo odio los perros pero entiendo a Elisa perfectamente.

He de ser sincero, este gran caserón origina cierta inquietud en mí también, esos largos pasillos, la poca luz, la lejanía de la carretera principal, lo alejado e inhóspito del lugar, el silencio... uff no quiero pensar más. Aquí, según me contó el chico de la inmobiliaria, habían rodado un par de cortometrajes de terror. No me extraña.

Después de que Elisa se duche y yo termine de fregar los platos nos sentaremos un rato en el porche de la casa en unas sillas de camping que hemos puesto para improvisar. Es una noche extraña, el cielo está muy tapado y una ligera neblina oculta las lejanas luces de la carretera. Nos sentimos tan solos aquí que incluso el sonido de los aviones nos consuela mutuamente de esa soledad.

Son cerca de las doce. Nuestra habitación sólo está iluminada por dos frágiles velas que no permiten vernos las caras a más de dos metros. El motivo es que el electricista ha cortado la luz en esta zona justamente hoy porque el cable de la anterior instalación es demasiado viejo y considera que es preferible cambiarlo.

Cae la noche y por fin dormimos en nuestra casa.

3:15 de la madrugada.

–¡Niño! ¿Lo has oído?– dice Elisa agarrada a las sábanas escondiendo su cabeza.

–¡Joder! ¿el qué?– digo renegando y sin abrir los ojos.

–El ruido... ese ruido arriba– contesta con la mirada puesta en el techo.

En ese instante y, tras una breve pausa de silencio, se

empiezan a escuchar unos golpes extraños y lamentos escalofriantes en la parte de arriba del caserón.

−¡Niña! Hostias pues sí. ¿Qué coño es eso? − contesté con síntomas de acojone.

−¡Vístete y vámonos, igual es un ladrón!! O un psicópata loco de esos− dice Elisa poniéndose rápidamente un chándal que utilizaba para estar por casa.

Los ruidos cada vez eran más latentes, allí arriba había alguien o algo. De repente volvió el silencio.

−¿Ves? ya ha parado Elisa. Eso era algo del viento seguro.

−Pero ¿y las voces? Ahí hay alguien.

−¡Pero niña! Si arriba no hay luz, está todo patas arriba de trastos de los albañiles, ¿cómo van a entrar a robar?. Además he cerrado el portón delante de ti, joder. Aquí no hay nadie.

Volvemos a la cama dejando la luz de una de las velas encendida para que Elisa se sienta más segura, cuando de repente se escucha un aterrador chillido agónico en la parte superior de la casa.

−¡¡¡Ahhhh niño!!! ¡Otra vez!− grita Elisa aterrada y con lágrimas en los ojos.

−¡Tranquila! No me pongas más nervioso de lo que estoy, vamos a subir a ver qué pasa.- Digo tragando saliva y ocultando mi acojonamiento ante los ojos de una histérica Elisa.

–¡A ver si es un fantasma!! Este caserón es muy antiguo. Con razón nos lo han vendido tan barato... ¡Serán cabrones!–contesta Elisa agarrada a mi brazo y sosteniendo la vela mientras me visto tembloroso y torpemente.

–¿Fantasmas? Lo que faltaba... tendremos que llamar a un tío de esos que limpie la casa de malos espíritus. ¿Ves Elisa? Ya te decía yo que había algo extraño con tantas facilidades que nos han dado por la compra de la casa.

Seguidamente me pongo en pie alzando la vela camino de las escaleras en total silencio. Elisa agarrada a mi brazo temblando.

Subimos los escalones sin apenas hacer ruido. En estos instantes los golpes y ruidos extraños han cesado. Todo es silencio. Sólo se escucha nuestra respiración frenética. Justo llegando a alcanzar el último escalón una voz tenebrosa vuelve a retumbar en una de las habitaciones de la planta superior. Parece más audible pero igualmente terrorífica.

–¡Niño, me parece que es un alma en pena!

–Joder Elisa no me acojones más...– le susurré sintiendo el terror instalado en mi cuerpo.

Se oía cada vez más cerca aquel lamento. Ese ser, espíritu o lo que fuera pronunciaba algo como: "mmmmmmnnolooo mmmmmnnolooo "

–Hostia es en la habitación del fondo...

−¡Vayámonos niño! No aguanto más− me susurra Elisa aterrada a mi oído.

Mientras percibo a mi lado un fuerte olor a orina que me obliga a centrar la mirada en el chándal gris de Elisa que empezaba a mostrar claramente una gran mancha oscura… se había meado encima.

Yo llevo en la otra mano una maceta de los albañiles que había cogido de un capazo de herramientas. A medida que nos vamos acercando a la puerta de la habitación de donde procedían los extraños gemidos estos van disminuyendo como si se alertaran de nuestra presencia.

Abro la puerta de la habitación muy sigilosamente bajo la luz de la endeble vela para observar únicamente en aquella espesa oscuridad unos sacos de yeso y algunos ladrillos esparcidos en el suelo junto a un andamio sin terminar de montar.

−Aquí no hay nadie niño- dice Elisa algo más calmada.

−¡Hostia puta! Pero ¿de dónde salía esa voz?− le digo sin entender nada pero con el miedo en las venas.

−Mmmmmnoolloooooo… Mmmmnnnolo…

Esa voz volvió a clamar allí dentro como un estallido espectral ante nosotros. Venía esta vez claramente de la puerta del lavabo de la habitación.

−¡Ahhhh niñooo…! es un espíritu perdido ¡Vayámonos!− grita aterrada agarrada a mi espalda.

Tengo una ristra de grandes arañazos en la espalda que apenas siento y que Elisa en ese breve transcurso de tiempo me ha ido propiciando por el pánico.

Sostengo la maceta con todas mis fuerzas y me preparo para abrir la puerta de ese demoníaco lavabo que da a la habitación. Los sonidos fantasmagóricos esta vez iban acompañados de fuertes golpes en la puerta. Parecía como si allí dentro hubiera un ente maligno que desde la ultratumba manifestara su libertad. Los lamentos cada vez más fuertes y aterradores.

–¡¡Mmmnnnoloooo!!... ¡Mmmnoloooo...! grrrr

Me tiembla todo el cuerpo y siento como llora Elisa que no deja de chillar. Sus chillidos se mezclan con los de ese ser como si esperara desde esa otra dimensión para ser absuelto de ese castigo. La escena es terriblemente escalofriante. No me lo pienso y alzo mi mano preparándola para embestir con la maceta a la cosa, ser, o lo que sea que pueda haber al otro lado de la puerta. Le cedo la vela a Elisa y con mi otra mano agarro el pomo del lavabo que sin pensarlo dos veces abro dejando que el pánico nos salpique de lleno.

Ante nosotros se ve una imagen difusa por la pobre luz de la vela de un ser verde, bajito y moviéndose despavorido.

–¡¡Ahhhhhhhhhhhh!! ¿qué es eso?– grita Elisa histérica.

Doy dos pasos hacia atrás. El miedo me embarga y me quedo sin voz, no puedo reaccionar. Mis ojos están como dos platos, no me corre la sangre ante ese ser verde de movimientos lentos y perezosos.

De la penumbra salió ese ser con un mono verde y con un vistoso logotipo en su pecho de "Reformas Manolo S.A "

—¡Me cago en er Manooooooolo! ¡Me cago en tóo! ¡Que me han dejao aquí encerrao y los pintores se han olvidao de mí! ¡Llevo aquí encerrao to er día! ¡La leche que me ha parío!

ARQUITECTURA DE LA SOLEDAD

Suena otra vez el puto despertador digital a las 4:30 de la madrugada. Estoy hasta los mismísimos de este trabajo, pero he de confesarlo, lo llevo en la sangre. Siempre quise ser camionero y lo soy. Entrego mi vida diariamente a la carretera para chuparme entre 300 o 400 kilómetros, jugándomela con un poderoso Scania de 500 CV que me llevaría hasta el fin del mundo.

Salgo de la ducha cagándome en la marca francesa de mi calentador que siempre me sorprende con agua fría cuando me estoy enjuagando. Me miro al espejo y apenas me reconozco, la arrugada piel me delata cada vez de forma más evidente, dando la lastimosa imagen de haber tenido una vida bastante castigada. Después de ponerme la camisa a cuadros y los viejos pantalones tejanos a juego con mis botas de piel negras, siento la imperiosa necesidad de inyectarme una sobredosis de café en el bar que abre a las cinco de la mañana cerca de mi casa.

Bajo en el ascensor como siempre, mirándome de reojo y cuidando cada detalle de mi envoltura. Me siento como un personaje de ficción que sale a buscar el pan de cada día en ese inmenso universo de asfalto gris.

No veo a nadie casi nunca a esas horas en la calle y hoy no es ninguna excepción. Me acerco con paso firme hacia mi camión observando su majestuosa silueta a lo lejos. Abro la puerta de la cabina y subo. Miro que todo esté igual en su interior tal y como lo dejé el día anterior, porque días atrás robaron en algunos coches de mi barrio.

Inserto la llave en el corazón del monstruo para así de esa forma hacer despertar ese rugido tan peculiar que llevo impregnado en el ADN y que es el que me da la vida.

El sonido retumba en todos los edificios. Tomo la recta que a seiscientos metros me lleva hasta el bar *El Chelo*. Allí me espera un café largo, lo suficiente para que mis ojos se abran de par en par a esas primeras horas de la madrugada. A medida que me voy acercando me percato que la persiana está totalmente bajada. Posiblemente estará jodido por resaca o habrá salido de juerga la noche anterior, menudo elemento. Sin más opción decido tomar el café en el área de servicio de la AP6 que me lleva hasta Madrid. Es curioso, en casi 10 minutos que llevo en la calle no me he tropezado con ningún coche.

La oscuridad a esas horas aún es latente y con extrañeza observo desde mi cabina a lo lejos la entrada a la AP6 sin percibir ninguna luz de vehículos circulando. Sólo lucen las solitarias farolas de la autopista reflectando aquella triste luz anaranjada en el asfalto.

Como de costumbre doy al *power* en mi fantástico equipo de audio Bose que venía de fabrica con el camión, y busco en el 88.6 de la FM mi programa favorito "La hora del lobo". Es de tertulias con carácter crítico en relación a los problemas actuales en España. Para mi sorpresa la radio no funciona correctamente y no tengo forma de capturar ninguna emisora. Sólo consigo escuchar el famoso "sssssssssssssssss" como sucede con los televisores cuando no están sintonizados. No tengo más remedio que poner el viejo CD de rancheras que me compré en una estación de servicio en Alcalá de Henares.

Estoy entrando en la AP6 quedándome totalmente sorprendido porque las barreras del peaje están subidas. No hay nadie.

–¿Hoy no se coge el ticket?- me pregunto con la mirada fijada en las cabinas.

Paro el camión y empiezo a observar todo lo que tengo a mi alrededor pero está totalmente desierto. Llevo más de 30 minutos y no he visto circular ningún vehículo. Me acerco caminando a alguna de las cabinas del peaje, comprobando con más seguridad que están totalmente vacías en su interior. Hasta incluso observo que los ordenadores están en funcionamiento y el dinero del cambio está a la vista en todas ellas. Parece como si la gente se hubiera esfumado.

Empiezo a sentir una ligera confusión en mi cabeza pero no le quiero dar vueltas al asunto. Me subo al camión apresuradamente para pasar por la barrera sin coger el ticket encarrilando rápidamente la entrada de la AP6. No salgo de mi asombro está totalmente desierta. Mi respiración empieza a acelerarse, mis nervios empiezan a aflorar, aquello en treinta años de profesión nunca me había pasado. Piso el acelerador fuertemente en la recta de la autopista con dirección a Madrid a más de 130 km por hora.

—¿Qué sucede? En ambas direcciones ni un solo coche, ni una señalización informativa. Qué extraño.

En ese instante tengo la magnífica idea de utilizar la emisora de radio para hablar con otros compañeros de profesión y consultarles sobre lo que yo estaba presenciando esa mañana.

—Aquí León Blanco me copiáis cambio— Pregunto de forma nerviosa y con la mirada puesta en la desértica autopista. Voy por el carril del centro, ahora a más de 150 kilómetros por hora. La emisora no da respuesta alguna y también se escucha el similar ruido de interferencias de la radio que antes escuché.

Van pasando los kilómetros pero no consigo ver ningún vehículo. Estoy empezando a desesperarme, no entiendo que pasa.

A lo lejos puedo ver la primera estación de descanso con todas las luces encendidas, siento un ligero alivio. En ella a veces suelo parar cuando no voy con prisas para repostar gasolina y comer algún tentempié.

A medida que me voy acercando voy quitando suavemente mi pie del acelerador. Observo que en los aparcamientos hay varios coches aparcados. Tomo aire en mis pulmones y me relajo poco a poco de ese mal sueño de minutos antes. Aparco el camión en el lugar de otras veces destinado a vehículos grandes. Bajo de la cabina y lo primero que me sorprende es el silencio, allí era imposible tal silencio con la marea de coches que pasan a diario a esas horas por allí. Debía haber alguna razón por todo ello y seguramente en la cafetería de la estación de servicio sería informado.

Me acerco a la entrada de la cafetería pero desde el ventanal de la entrada no veo absolutamente a nadie. Está totalmente desierta, igual que la autopista. Empujo la puerta de entrada de forma algo ruidosa para llamar la atención de los trabajadores, pero allí no sale nadie a recibirme.

−¡Eoooo! ¿Hay alguien? ¿Alguien me atiende?−grité con un nudo en la garganta.

Allí no contesta nadie. Está todo intacto. La cafetera preparada, las neveras en marcha, la caja registradora visiblemente operativa, los pasteles recién hechos. Pero sin rastro de ningún ser vivo.

Salto el mostrador de un brinco para adentrarme en la cocina. Allí tampoco encuentro rastro alguno de la gente. Mis ojos se clavan frenéticamente en el teléfono rojo que cuelga en una de las paredes. Me acerco rápidamente y marco el teléfono de la policía pero nada, no me cogen el teléfono. Vuelvo a marcar velozmente otros dígitos en aquel sucio teléfono, esta vez al ayuntamiento de Madrid, pero nada, nadie descuelga el aparato. Mi respiración empieza a acelerarse y frenéticamente marco el teléfono de la empresa de transportes en la que trabajo… pero nada, sin respuesta. Salto otra vez el mostrador buscando con urgencia la salida de aquel lugar. Corro entre las mesas y sillas que caen a mi paso hacia el camión.

Encarrilo otra vez la autopista a Madrid a toda velocidad. Mi respiración vuelve a ser aun más frenética, bajo la ventanilla totalmente, necesito aire, me estoy ahogando por el estado de nervios en el que me encuentro. Soy hipertenso pero me da igual.

Piso el acelerador al máximo, observando que la aguja del cuentakilómetros marca 170 km por hora. El rugido del motor es comparable al número de pulsaciones de mi corazón. Quedan escasos kilómetros para llegar a Madrid y no veo a nadie… absolutamente a nadie.

–Dios mío… ¿qué ha sucedido?– pronuncio en voz baja y observando el panorama desolador que tenía ante mí.

La luz del sol empieza a escurrirse tímidamente entre las nubes de esta fatídica mañana. Es tan extraño, tampoco consigo ver ningún pájaro revolotear en este inmenso cielo que tengo ante mí. Ya estoy llegando a Madrid. La periferia de la ciudad está desierta, no veo ningún tipo de movimiento en las calles. Las luces de los edificios están totalmente apagadas. A los dos extremos de la autopista los edificios parecen fantasmas anónimos observando mi llegada a la ciudad. El miedo ya está apoderándose de mí totalmente. Paro de forma brusca en seco el camión en medio de la autopista, dejando una larga marca en el asfalto. Bajo rápidamente y salgo corriendo hacia uno de los extremos de la autopista saltando las vallas. Me siento un loco huyendo de sus terrores más profundos.

Me dirijo hacia unos edificios cercanos para intentar ponerme en contacto con alguien que viva allí. Llego a la entrada de uno de ellos y frenéticamente pulso en todos los timbres sin despegar mi mano. Nadie responde tampoco, es un como un mal sueño.

–¡Socorrooooo!–grito con toda mi alma arrodillándome en la acera llorando.

–¿Qué he hecho yo para que me pase esto? ¿Qué he hecho?– Lloro desconsolado con mis manos en la cabeza.

–Quizás todo el mundo esté en el centro de la ciudad.– Afirmado con tono esperanzador.

Vuelvo corriendo al camión para enfilar mi camino hacia la Puerta del Sol. Pienso que sería un lugar en el que posiblemente encontraría a alguien.

-Ya verás..., esto es algo de las nucleares y ni me he enterado.– Susurro para mí mismo dándome esperanzas.

Mi desesperación cada vez es mayor a medida que me iba adentrando en el centro de Madrid, la imagen fantasmagórica es la misma… soledad y cemento. Lloro desconsoladamente. Me pasa la idea del suicidio por la cabeza: -es un castigo, no es un mal sueño… repito… no es un mal sueño.-

Al fin llego a la desértica Puerta del Sol. Sólo me espera la caricia fría del silencio. Bajo del camión como un náufrago desquiciado o tal vez como un ángel perdido en el paraíso. Mi corazón late más tranquilo, curiosamente me estoy acostumbrando a esta sensación con la que me he despertado hoy. Definitivamente estoy solo… se han olvidado de mí… estoy solo.

Me acerco a un banco para sentarme.

Ahora sólo escucho el murmullo del viento a mi lado mezclándose con el ronco ruido del motor de mi camión, que entorpece este momento tan mágico e indescriptible de majestuoso silencio…

Cierro los ojos. Detrás de mí… empiezo a sentir cómo unos dedos largos y helados acarician suavemente mi corazón… siento un beso de escarcha en mi alma… Ahora sí… estoy viendo ante mí… la verdadera soledad.

COMO EN EL CUENTO

Ante todo primero me presentaré: me llamo Lucas Bengoechea y soy de Bilbao. Mi familia es propietaria de una importante empresa de fabricación de piezas para barcos, líder en el mercado europeo. La verdad es que el tema de la pasta no es problema en mi vida, ni en la de mis hijos si alguna vez logro tenerlos.

Actualmente estoy empezando mi carrera universitaria de empresariales en la facultad de la avenida Lehendakari Aguirre. No me va mal del todo pero no consigo centrarme últimamente en las clases, ya sabéis, a esta edad tenemos las hormonas en total efervescencia.

Hoy mi padre me tiene que encargar algo urgente y cuando dice urgente es que es importante. Su mala leche y su asquerosa ambición le han llevado a estar donde está ahora como gerente de la empresa que fundó mi abuelo, o sea su padre.

Tras llegar de la universidad me he desplazado en el coche que me regaló mi madre al aprobar la selectividad, un Audi A3 equipado hasta los dientes. Sí, la verdad, estoy mal criado y siendo hijo único aún más.

Ya he llegado al polígono donde se encuentra la fábrica, aparco en la zona reservada y me dirijo hacia la entrada tras pasar la pequeña garita de seguridad, hoy está el chistoso Patxi de guardia. Mientras lo saludo brevemente me explica rápidamente un chiste del Athlétic. La verdad no sé si es por la forma, como me los cuenta o es que realmente son malos de cojones, pero joder... nunca soy capaz de reírme.

Entro como siempre saludando a Uxue la preciosa recepcionista de la fábrica. A medida que me voy adentrando en la oficina percibo cierto peloteo al encontrarme con el personal de la fábrica en mi camino. Todos saben que soy el hijo del jefe y quién sabe, igual, yo sería un día el nuevo jefe!

Decido entrar sin llamar en el despacho de mi padre y me lo encuentro ojeando el diario con los pies sobre la mesa.

—Lucas, llegas tarde. Un poco más y no me encuentras, tengo una reunión en breve con unos compradores daneses.– Dice sentándose correctamente en la mesa.

—Lo siento, no sabía lo de tu reunión.

—Bueno, como ya te dije ayer tienes que hacer un favor a la familia.– Comenta airada y directamente mirándome a la cara frunciendo las cejas.

–Humm ¿de qué se trata?– Digo temiendo que me soltará algún sermón respecto a que nunca iba a misa con mis padres. Son encarecidamente religiosos cosa que siempre me intentaron inculcar desde la niñez.

–Pues verás, como ya sabrás tu abuela, la que vive en Barcelona, me reclama lo que tu fallecido abuelo acordó conmigo. ¿Recuerdas?

–Buah ¿Otra vez estamos con eso?- Digo desviando la mirada como si aquella conversación me resultara pesada.

–Sí, lo sé, pero con tu abuela no me hablo y tú lo sabes. Entonces lo que te pido es que cojas esta misma noche el tren hacia Barcelona y le lleves ese puto talón con los 500.000 euros y así no la escucho más. Se lo das. Le das un besito, chavalote, y te vuelves. ¿Tampoco te pido mucho no?

–Mañana tengo un examen importante a las cinco, no puedo.- Afirmé resoplando.

La verdad es que la idea no me seducía en absoluto. A mi abuela no la había visto en muchísimos años, creo que la única vez que la vi yo tenía 2 años. Estaba postrada desde hacía tiempo en la cama por un tema de la circulación sanguínea. Además, por lo que sé su carácter es muy fuerte.

Mi padre desde la muerte de mi abuelo dejó de hablarse con ella por las típicas cosas de familia que siempre terminan salpicando todo. Ella criticaba constantemente a mi madre porque gastaba mucho dinero y la verdad es que es cierto, no es muy normal cambiarse de coche cada seis meses y comprar lujosos muebles cada año. Todo ello culminó en una comida familiar tras los postres cuando dio origen aquel intercambio de reproches e insultos entre ellas. Eso hizo que mi padre se distanciara tan drásticamente de ella.

Una semana después mi abuela se mudó a Barcelona a un lujoso ático de Pedralbes que había sido propiedad de mi abuelo ya fallecido.

El reloj marca casi las 23:00 horas. Me encuentro en la estación de Bilbao subido al tren que me lleva a Barcelona. He traído conmigo mi inseparable Ipod para que sea más ameno el trayecto. Según me ha dicho la chica de la taquilla de los billetes llegaremos a Barcelona sobre las 8:30 o 9:00 de la mañana.

Voy en butaca y mi vagón está medio vacío. Por suerte en la butaca de enfrente no se ha sentado ninguna familia ruidosa de esas que llevan cinco hijos provocando que sea un suplicio el viaje, ni tampoco el típico viajero extraño que no deja de mirarte y ni te dirige la palabra en todo el trayecto. De momento tengo suerte.

El tren por fin se pone en marcha. Vamos dejando Bilbao atrás, cierro los ojos y me coloco los auriculares con música Chill Out para intentar dormir un poco.

La música se cuela nota a nota en mis sentidos provocando una ligera pesadez en mis pestañas para así terminar ligeramente dormido con la cabeza apoyada en el cristal de la ventana del tren.

Horas más tarde despierto de golpe por el sonido propiciado de un tren que se ha cruzado con el nuestro. Abro los ojos perezosamente para comprobar con sorpresa que delante de mí está sentada una chica morena algo mayor que yo. Es muy atractiva. Por lo que intuyo, al mirar de reojo, es que pertenece a algún país del este. No deja de mirarme. La verdad es que sus ojos negros me inquietan. Tiene la pinta de ser ese tipo de chicas que llevan escrito en la frente "problemas".

Tras unos minutos ella rompió el hielo.

–Hola, ¿vas solo?–me dice mirando a mi alrededor.

–Sí.

–Yo también. Voy a Barcelona a ver a unos amigos.

–¿Vives en Bilbao?– le pregunto intentando saber de dónde es.

–No, sólo estoy de paso. Soy de Moscú– afirma algo inquieta.

–Yo soy de Bilbao. Voy a Barcelona sólo de paso para entregar una cosa a un familiar y me vuelvo a las 12 otra vez. Ya ves casi no podré ver nada.

–Debe ser importante porque si sólo haces este viaje para ir y volver...– comenta mirando mi mochila.

–Bahh... es por mi abuela– digo con tono de agobio.

–¿Tu abuela? ¿Qué le pasa está enferma?

–Es que es largo de explicar.

–¡Va cuéntame! Bueno, si quieres claro– dice con una ternura artificial que percibo claramente.

–Verá, sí está enferma y además la pobre está en cama todo el día y tiene la manía de no querer ningún tipo de luz en la casa, adora la oscuridad, creo que es algo de la vista... pero bueno... iré al grano. Resulta que mi abuelo cuando murió pactó unas cosas con mi padre, una de ellas era entregarle lo que le llevo. Es un lío tremendo, no me lo haga recordar– digo riéndome e intentando esquivar la conversación a otras cosas.

Sinceramente me agobiaba que hasta el tema de mi abuela saliera delante de esa enigmática belleza.

–Me imagino que alguna promesa, papeles o quizá... ¿dinero?– pregunta clavando esos oscuros ojos en los míos.

–Sí, eso último.

–¿Mucho?

–Sí– contesto pensativo y mirando la primera luz del sol que aparece en el horizonte.

Nos quedamos en silencio poco más de un minuto sin saber qué decir hasta que ella volvió otra vez a darme conversación.

–¿A qué parte de Barcelona vas? Si no es mucho preguntar...– dice de forma interesada.

–¿La zona de Pedralbes te suena?

–Pedralbes… humm ¡sí! Yo tengo unas amigas en esa zona. ¿En qué calle exactamente?

–En la calle Lluna D'or– digo sorprendido al percibir esa casualidad.

–¡Vaya! Mis amigas viven justo al lado de esa calle. No recuerdo el nombre ahora. ¿Pero en qué número exactamente?– dice con extraña exaltación.

–El 54 A. Es un edificio muy peculiar, igual lo tienes visto. ¿Te suena un ático con muchas plantas de color amarillo que sobresalen de la fachada? No digas que no porque llama la atención.

–A ver hummm… un ático… ¿tu abuela vive en ese ático? Sí que me suena. ¿Allí te diriges entonces a la entrega?– Me pregunta con ese cierto misterio.

–Sí.– Afirmé con ganas de cambiar de tema.

Ella se levantó hacia el lavabo dejando su bolso en la butaca pero llevándose con ella la Blackberry.

Tardó más de veinte minutos en volver. Justamente el tren en ese momento ya estaba llegando a la estación de Sants.

Nos despedimos cordialmente bajando del tren sin apenas tiempo de cruzar algunas palabras más. Ella tiene prisa lo intuyo en sus gestos. La veo marcharse en un taxi y yo aprovecho para llamar a mi padre y tomarme un café en el bar de la estación.

En esos instantes en algún lugar de Barcelona, unos individuos procedentes de alguna red mafiosa del este y con la información que esa extraña chica me había sonsacado durante el viaje, se colaban en casa de mi abuela forzando la cerradura de forma limpia y profesional. Tras pegarle un gran susto la durmieron con cloroformo y la metieron después muy cuidadosamente en un gran armario ropero de una de las habitaciones. Los tipos esperaron a que la chica extraña, por llamarla así, llegara a la casa. Cuando ella hizo presencia en el ático los matones se esfumaron para esperarla, supuestamente, en algún lugar de la ciudad y escapar con el dinero.

Poco rato después el taxi me deja delante del portal del edificio donde vive mi abuela. Saludo al anciano portero y subo en un ascensor pulcro de espejos relucientes.

Una vez en el rellano de su puerta abro con la llave que mi padre me había dado. Todo estaba a oscuras, a esa hora es muy lógico que mi abuela esté en la cama. Sé que apenas abre las ventanas, odia la luz del sol.

—¿Abuela? Soy Lucas ya estoy aquí– digo esperando alguna respuesta.

Nadie contesta.

Me acerco sin hacer ruido hasta lo que creo que es su habitación y al ver que la puerta está entreabierta la abro y veo una cama con alguien en su interior. Parece totalmente dormida. La luz que se cuela en las rejillas de la persiana es tan tenue que sólo puedo apreciar ligeramente pequeños rasgos de mi abuela.

–Abuela... soy Lucas– susurro en voz baja.

No recibo respuesta. Me siento en un pequeño butacón a unos dos metros de la cama esperando a que mis ojos se adapten a la poca luz de la habitación.

–Abuela... ¿me oye? Soy Lucas su nieto. Vengo a traerle el dinero, los ochenta millones que le prometió el abuelo.

En ese instante su cuerpo al oír aquello se giró lentamente hacia mi lado. Veía su cabellera oscura. Joder que pelo tan bonito tiene mi abuela pensé para mí.

–¿Mmmm? Hola Lucas ¿has traído el dinero dices?- responde atolondradamente. Joder mi abuela tiene una voz muy bonita.

–Sí abuela, aquí lo tengo ¿cómo se encuentra hoy de lo suyo?

–Bien. Deja el dinero en la mesita.– Señalándome perezosamente con la mano la mesita que ella tiene al lado. Dejé el sobre con el talón en la mesita, parándome a escaso medio metro de ella para observarla y aprecio que... ¡coño! mi abuela no se conservaba tan mal.

Tiene la cara apoyada en la almohada justo delante de mí y me mira fijamente. No aprecio muy bien sus facciones pero ¡hostia! ¿mi abuela se mete en la nevera para conservarse mejor? Joder, parece más joven que mi madre.

La sigo observando con interés. He intento hacer memoria de ella pero no recuerdo en las fotos a mi abuela así. Es cierto que las fotos no hacen justicia a algunas personas, y joder, en el caso de mi abuela era de juzgado de guardia.

—Abuela qué pelo largo tan bonito tiene.

—Me lo he soltado para que me encontraras mejor.

—Y abuela, qué piel más conservada parece que tiene.

—Me puse cremas para que me vieras mejor.

—Abuela, no es por nada ¿eh?, no se lo tome a mal, pero vaya cuerpo mas estilizado para su edad que tiene.

—Me cuido mucho para que mi único nieto me vea mejor.

—Abuela, vaya unos ojos oscuros tan grandes y bonitos que tiene...

—Son los líquidos que me pongo para que me veas mejor.

—Abuela, ¿y esas manos?... ¡Caray! qué bien cuidadas que las tiene.

—No he fregado esta semana para que me las vieras mejor.

—Pero abuela... es increíble. Pero qué voz tan joven, suave y bonita que tiene.

—Hago gárgaras cada día para que me escuches mejor.

—Y abuela…

—¡Coño! ¡Atontado! ¿Qué no ves que no soy tu abuela?

A veces los cuentos no están muy lejos de la realidad.

LA SOMBRA DEL PARQUE KALLESTHROMG

Ya es de noche otra vez… como de costumbre salgo a perderme en las oscuras calles de esta fría ciudad del norte de Europa. Camino sin dirección definida en esta rutinaria ceremonia sin saber que será de mí antes del amanecer, sin saber el color de mi destino, sin saber… siempre sin saber.

Mi corazón es un lamento errante frío y extraño, ni yo mismo lo reconozco. Tristemente en otra época de mi vida lo conocía palmo a palmo tanto como a estas calles, pero ya no es así, todo ha cambiado… es irremediable.

Mi vida es difusa, no la distingo en este descomunal telón de oscuridad nocturna.

A veces, cuando a altas horas de la madrugada me siento en algún banco del solitario parque Kallesthromg abrazado al tacto de mi fría sombra, es cuando siento amargamente como si en realidad fuese una figura fantasmagórica que forma parte de este decorado en la noche. Precisamente en esas eternas secuencias de mi vida suelo ser salpicado constantemente por viejos recuerdos que despiertan en mí retorciéndose como nudos candentes de lava bucólica, abriendo la herida más sangrante y dolorosa de mi existencia como un fugaz destello que se clava en mi espíritu volátil... Siempre observado por unos oscuros ojos de fuego que en mi alma aclaman mi crónica agonía, oscura e infinita agonía. Soy extraño para la gente, lo entiendo, aunque nunca lo dirías al verme. Perdona mi indiscreción pero aún no te he dicho mi nombre, soy Dimitri. La verdad no recuerdo de dónde soy ni tampoco de dónde vengo. Ya te comenté que perdí mis recuerdos, mi identidad, mis progenitores, mis sueños... me perdí a mismo.

Nunca me verás durante el día por estas calles pues soy una persona totalmente noctámbula. La luz no se hizo para mí. Cuando el sol se esconde revivo de forma que aún no consigo comprender, siento como la oscuridad me da la mano y en ella emprendo mi viaje personal a ninguna parte, así es cada día... cada día.

Hoy está nevando fuertemente y con ello observo poco movimiento en las calles. La gente camina acartonada envuelta en grandes abrigos oscuros. Apenas me miran al cruzarse en mi camino. Yo llevo mi viejo abrigo, siempre el mismo, es curioso, no siento el frío.

Llevo varios días sin conversar con nadie, ni tan siquiera con los borrachos que encuentro tirados en el suelo en mis largos paseos nocturnos. Hoy las prostitutas están encerradas en sus casas, no es día para trabajar con este tiempo. Necesito encontrar a alguien.

Empiezo a sentirme débil, muy débil, cada vez más. He caminado excesivamente esta noche. Tristemente mis pasos me llevan como de costumbre al inmenso parque Kallesthromg. Está cubierto por una espesa capa blanca de nieve que hace que mis pisadas chasqueen como huesos que se rompen. Aprecio como el viento revolotea moviendo sus alas entre los árboles como si me dieran la bienvenida. No hay nadie, sólo las pisadas de los vigilantes del lugar.

Me siento en el banco pero mi debilidad es cada vez más pronunciada. Necesito aplacar esta necesidad rabiosa, cruel, adictiva, destructiva y extraña que me empuja a lo de siempre.

Quizá es mi última noche, lo intuyo. Llevo demasiados días así y mi piel blanquecina deja entrever mis venas como ríos oscuros de dolor que vierten su amargura en mi corazón. No tengo apenas fuerzas. Mi único instinto primario más latente me susurra que es mi fin.

No quiero aceptarlo aunque quizá sea lo mejor.

De repente a lo lejos observo como una figura humana pasea frente al estanque helado del parque. Parece una persona mayor. Sus ropas son oscuras y camina pausadamente.

Mis últimos esfuerzos por ponerme en pie los llevo a cabo dolorosamente. Me falta el aliento. Me dirijo como un espectro ancestral hacia aquella persona en el estanque. Es mi única esperanza, la única en esta noche.

Al oír mis pasos se alerta y observo como curiosamente espera a mi llegada. ¿Me conoce? ¿Quiere algo de mí? ¿Sabía que yo iría en su busca?

Estoy llegando hacia él y mi debilidad es tal que apenas siento mi cuerpo. Él esta inmóvil esperándome. La sensible luz de la luna llena deja vernos claramente el uno al otro. Es un anciano y su cara me resulta muy conocida pero no recuerdo de dónde ni por qué.

Me detengo frente a él a escaso medio metro. Puedo percibir el calor de su cuerpo, sus miedos, su odio hacia mí. Siento algo extraño, no sé qué me pasa pero él no debe ser. Necesito a alguien esta noche pero él no puede ser… algo me lo impide.

Me siento mal, algo me quema en el corazón allí ante su imagen. No puedo, pero debo hacerlo aunque sé que no es la persona que necesito.

Mi rabia animal interior me empuja a hacerlo… Él me sigue observando silenciosamente, temblando con las manos en los bolsillos… debo hacerlo… no soy consciente de mi peligro, mi debilidad me obliga a saciar la maldad infernal que atesoro en cada átomo de mi ser.

No tengo otra opción.

De un salto me lanzo encima de ese anciano abrazando su cuerpo blando y vulnerable. Caemos los dos en la nieve torpemente como si de dos equilibristas novatos se tratara. Sus gafas han salido despedidas. Estoy encima de él a escasos centímetros de su tembloroso rostro. Sólo nos observamos.

–Le recuerdo miserablemente en mi oscura memoria pero no recuerdo quién es – digo clavando mis ojos encendidos de rabia en los suyos.

–Dimitri, nos conocemos de hace mucho tiempo ¿No me recuerdas?– comenta con expresión de terror.

–No, no lo recuerdo viejo anciano. Aunque en usted hay algo que me perturba desde que lo vi.

–Ahora lo sabrás ¡vieja alma infecta del este! ¡Muere de una puta vez! ¡Vuelve con tus demonios!

Siento en ese instante como en mi corazón se instala el dolor más ardiente que nunca pude imaginar, al comprobar que había clavado en él, una vieja cruz de oro.

Mis gritos despiertan el sueño de las aves del parque que empiezan a revolotear desconcertadas por allí.

La sangre que brota de mi corazón es tan oscura como la rabia infernal que reside en mí. Siento como partes de mi se desvanecen poco a poco en el olvido. Mi ser se consume como cera ardiente que se adentra en la nieve dejando oscuros surcos. Los huesos se van descomponiendo como cenizas de un ritual maligno que llega a su fin.

La última imagen que mis ojos captan es la de aquel anciano allí de pie, observando cómo regreso a los infiernos… ahora lo recuerdo.

Es el padre Christiansen.

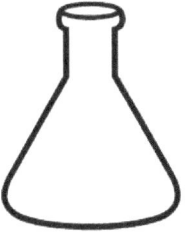

LA BACTERIA DE LA FELICIDAD

Chicago 8:30 Horas.

–¿Queda mucho por llegar? Con este tránsito espero no llegar tarde – le comento al chófer del taxi.

–No se preocupe, un par de calles más y estaremos en el *Center of Investigation of the World Medicine*– contesta mirándome por el retrovisor.

A través de la ventanilla del taxi observo detenidamente a la gente que a esas horas de la mañana se dirige frenéticamente a sus trabajos como si se acabara el mundo en cuestión de segundos. También a los vendedores ambulantes tapados hasta las cejas combatiendo el frío que se cuela en sus cuerpos, a mendigos en las esquinas esperando alguna reacción generosa de los insensibles peatones, ancianos caminando pausadamente con sus miradas perdidas en este absurdo mundo de cemento, niños que van a la escuela adormecidos y revoltosos de la mano de sus apresuradas madres, cafeterías repletas de gente que devora el café matinal, camiones descargando en las aceras entorpeciendo el tráfico y creando así una sinfonía absurda de bocinazos e irritación colectiva… Pero lo más significativo es el sinfín de caras tristes que desfila ante mi ventanilla en este corto trayecto urbano en Chicago. Con tristeza siento que es un mundo cada vez más incierto y materialista en el que vivimos.

No dejo de pensar en lo que podría originar mi descubrimiento para la humanidad. Cambiaría de forma radical la vida de millones de personas en la tierra y posiblemente haría que este fuese un mundo mejor.

Atrás he dejado más de 25 años de larga experiencia en investigaciones de todo tipo en el campo de la medicina. Entre mis colegas de profesión soy muy respetado y poseo algunos importantes premios en referencia a los avances científicos que he logrado en neurología durante toda mi carrera.

Actualmente trabajo en un laboratorio a las afueras de Londres, el *Westler Medical Investigation*, dedicado a crear fármacos para grandes multinacionales.

Mi equipo de investigadores y yo siempre trabajamos duramente para avanzar día a día en todo tipo de enfermedades mentales y del sistema nervioso. Nuestros grandes descubrimientos han hecho que grandes corporaciones se interesaran por nuestros productos, por ello en estos momentos posiblemente seamos uno de los laboratorios más importantes del mundo.

El taxi para en doble fila con las luces parpadeantes delante de la entrada del *Center of Investigation of the World Medicine*. Amablemente me abre la puerta el director del centro que me estaba esperando. Me da la mano y me dirige a la entrada del centro. Toda la manzana esta acordonada por la policía como medida de seguridad ya que allí dentro debe haber muchos peces gordos esperando conocer mi hallazgo.

En la recepción saludo a varios miembros del comité general de medicina del país que ya conocía de otras reuniones y además han acudido hasta Chicago muchas personalidades importantes de los cinco continentes. Mi visita ha despertado gran expectación en el mundo de la investigación médica.

Observo como en todo momento dos agentes de seguridad están pegados a mi sombra, por si lo que llevo en mi maleta cae en manos de terroristas. Indudablemente es algo muy valioso.

En el ascensor que nos lleva a la planta 45 soy informado por uno de los presidentes del comité médico de que a la reunión asistirán varios cargos políticos mundiales, algunos altos mandos militares y parte importante de la cúpula del Pentágono. No salgo de mi asombro.

Al abrirse las puertas del ascensor nos encontramos ante la gran sala de convenciones. Es una especie de auditorio lujosamente forrado de madera con capacidad para más de cien personas. Ese es el lugar donde a todos les daré a conocer mi gran descubrimiento.

Una atenta azafata me dirige hasta el pequeño escenario donde debo exponer mi descubrimiento. A mí disposición tengo una pequeña mesa donde despliego mi portátil junto con documentos que memorizo antes de la charla. A mis espaldas también tengo una gran pantalla con la que mediante imágenes intentare explicar el proceso de la investigación.

La sala ya está totalmente repleta. Intento mirar con disimulo las caras más cercanas a mi estrado y observo al secretario de Estado de los Estados Unidos junto a una larga lista de personalidades importantes del país. Las filas posteriores están reservadas a cargos europeos.

Antes de que hable de mi descubrimiento soy presentado por John Melbrocks Presidente de la Asociación de Investigación Mundial para la Ciencia.

Explica de forma técnica y resumida lo que yo voy a exponer después de su intervención. Su charla dura poco más de 30 minutos, se me está haciendo larga, noto caras impacientes esperando mi intervención.

He de reconocer que me siento el hombre más afortunado del mundo, en mis manos está la posibilidad de cambiar el rumbo de la historia de la humanidad de forma positiva.

Es mi turno.

–Buenos días a todos. Me presentaré, me llamo Frank Malcom. Muchos de ustedes ya me conocen de otras conferencias pero la mayoría supongo que de oídas por los medios de comunicación. El motivo por el que estoy aquí hoy es por el descubrimiento que mi equipo de profesionales y yo hemos llevado a cabo en casi 15 años de investigación en Gran Bretaña.

El resultado de ese exitoso descubrimiento nos ha llevado a producir la llamada bacteria de la felicidad; dicha bacteria ha sido testada en animales de todo tipo y algunos voluntarios con resultados positivos al 100%. Técnicamente la bacteria se suministra directamente en la sangre o por vía respiratoria y sus efectos son increíbles. Es capaz de crear un estado de felicidad lúcida para el resto de la vida de la persona que la posea. Digamos que actúa de forma opresora en una parte del cerebro anulando toda acción negativa del ser humano, pensamientos negativos, odio, tristeza, maldad, codicia, orgullo, etc. Todo ello queda totalmente suprimido, de esta forma el sentimiento de felicidad es completo en la persona.

Lo más sorprendente de los resultados obtenidos es que no modifica nada de la vida del portador, su memoria queda intacta lo único que suprime es todo lo negativo... absolutamente todo. Un ejemplo:

Aplicamos dicha bacteria a tres presidiarios muy peligrosos que se ofrecieron al experimento bajo la tutela del gobierno británico. La bacteria que se les suministro por vía sanguínea días más tarde fue suprimida por antibióticos especiales para borrar el efecto "felicidad". El éxito de los experimentos fue tal que aquellas personas aceptaban de agrado su castigo en la prisión de Londres con total felicidad.

Les dejamos en pleno centro de la ciudad con bastante dinero en sus bolsillos y con la posibilidad de escapar del país pero volvieron a prisión de forma voluntaria y sin gastar ni una libra. Dos de ellos antes del experimento habían tenido diversas peleas en prisión con navajas por enfrentamientos de bandas callejeras al ingresar en prisión. Después de ser tratados con la bacteria eran la amistad personificada. Se elogiaban el uno al otro y se arrepentían de sus vidas profundamente pero con una felicidad fuera de lo común.

¿Ustedes se dan cuenta de lo que podría suponer para la humanidad esta bacteria? Las guerras no existirían, los asesinos dejarían de serlo, los problemas serían aceptados con naturalidad, el odio se extinguiría, los problemas raciales pasarían a la historia, las armas serían objetos de museo, la muerte sería aceptada como parte de la naturaleza sin tristeza. Todos seríamos solidarios con los necesitados y el respeto sería total entre las naciones...

Señores estoy hablando de la felicidad completa. Sería, en definitiva, un mundo mejor para nuestros hijos– Digo terminando mi discurso y observando caras algo resignadas.

El silencio es total y llega el turno de las preguntas.

–Señor Malcom, ¿se trata de una droga esa bacteria?– pregunta un miembro del Pentágono.

–No, no es ninguna droga. Es una bacteria sintetizada de forma natural.

–Usted me está diciendo que si suministramos esa bacteria a nuestro peor enemigo, ¿tirará las armas a la basura para dejarnos entrar en su país?– pregunta esta vez un cargo militar.– Cierto, guerra va relacionado con muerte, con la bacteria ese sentimiento bélico se bloquea totalmente.

–Entonces los ejércitos, ¿qué sentido tendrían?- repite él mismo.

–Ninguno. Ninguna nación tendría ejército.

–Entonces pongamos el ejemplo de que Bill Gates posee en su cuerpo dicha bacteria y un mendigo le pide un millón de dólares, ¿se lo da?– pregunta un miembro de la Casa Blanca.

–No precisamente. Como ya le he informado dicha bacteria da la felicidad pero no trastoca la personalidad del portador ni le hace perder la razón, simplemente toma las cosas positivamente sin ningún atisbo de negatividad. Seguramente Bill le ayudaría a reconducir la vida a ese mendigo y otros muchos más que se lo pidieran, repito la gente sería la misma sólo que pensamientos egoístas y negativos en este caso no existirían.

–¿Qué pasaría con el dinero Sr. Malcom? Usted sabe lo que sería eso para la bolsa? Todo perdería valor.– Afirma el Secretario de Estado.

–Cierto, el dinero pasaría a un segundo plano. Seguiría teniendo el valor que tiene pero no despertaría la codicia, la ambición de poder, el egoísmo y muchas más cosas que en la actual sociedad tiene. Nadie mataría por ello.

—Entonces ¿los bancos darían dinero a todo el que entrara por sus puertas? ¡Sería de locos Sr. Malcom!– comenta desde el fondo un alto cargo ruso.

—Humm... no sería así. Pero lo cierto es que tratarían a todos por igual, y nadie... nadie se quedaría excluido. Siempre se encontrarían soluciones para ayudar a la gente. ¿No lo encuentra bien?

—Entonces no habría asesinatos, violaciones, atentados, robos...– comenta un dirigente francés.

—Sí, está usted en lo cierto, la humanidad daría un cambio brutal.

—Entonces si usted llega a casa y me ve en la cama con su mujer ¿me preparará la cena cuando termine el trabajo con su esposa?– comenta un alto cargo militar con las risas de fondo de los asistentes.

—Bien, eso no lo había pensado– afirmo con una sonrisa.– Pero cómo usted sabrá esa bacteria tiene el don de hacer analizar al cerebro de lo que está bien y lo que no, entonces afirmaría que usted no se acostaría con mi mujer.

—¿Esto podría cambiar el precio del petróleo en los países árabes, no? Nos venderían los barriles a precio de saldo–pregunta un político italiano.

—Seguramente. Bajo el efecto de la bacteria compartirían gratuitamente el petróleo con cualquier nación que lo necesitara, pero como es lógico pedirían algo a cambio de la forma más civilizada posible. ¿No lo encontraría bien?

–Los precios de todo bajarían de forma desorbitada y todo perdería valor. ¿Se da usted cuenta de ello?– comenta un ministro alemán bastante ofendido.

–Muy cierto, la avaricia por llenar las cuentas bancarias se terminaría, todo sería más natural. Las clases sociales se igualarían y todos seríamos uno. Supongo que es difícil de asumir para ustedes pero ¿no creen que el mundo sería un lugar mejor?

–Es intolerable que su bacteria modifique el comportamiento humano y borre de nuestro cerebro ciertos comportamientos y sensaciones que son innatas del hombre. No estoy de acuerdo con el descubrimiento, en absoluto. Yo, como presidente del comité armamentístico de los Estados Unidos, voto por abortar el descubrimiento. Quiero mi país tal y como es, con su historia, con sus defectos y virtudes. Usted no va a venir aquí y cambiarlo todo con su bacteria Sr. Malcom– dijo con total disconformidad.

En ese instante muchos de los asistentes, por no decir la mayoría, se ponen en pie apoyando las declaraciones del presidente del comité armamentístico. El murmullo es latente en la sala y aquello empieza a desanimarme.

Se acerca hasta mi lado el presidente del centro de investigación.

–Señores, hagamos una votación clara y sincera. Quién quiera que esta bacteria vea la luz en nuestras naciones que levante la mano y quién quiera que esta bacteria sea destruida hoy mismo que se abstenga a levantarla: ¡ahora!–

No puedo creer lo que mis ojos están observando en esos momentos, sólo algunas personas están a favor de la bacteria. Son los representantes de la India, del continente Africano, Noruega y Cuba.

La sala enmudeció tras la votación y los asistentes empiezan a salir de la sala entre chistes y risas. La desolación que siento me trastoca totalmente provocando la necesidad de sentarme en una silla del estrado.

–Sr. Malcom no nos han presentado. Soy Mike Perry del gabinete del presidente de los Estados Unidos. He hablado con su presidente vía telefónica y hemos llegado al acuerdo total de que en 24 horas destruya todo lo relacionado con la bacteria. Ahora mismo se desplaza un equipo militar a su laboratorio para destruir y requisar todo lo relacionado con la investigación. Lamento informarle de ello Sr. Malcom. Debo preguntarle si usted lleva algo consigo en referencia a la investigación.– Comenta mirando mi portátil.

–Sólo llevo el portátil y estos papeles que están en la mesa– Apenas me quedan fuerzas para responder pues mi decepción es total.

–Bien, le tengo que requisar todo ¿Tiene algún problema por ello?

–Ninguno, en absoluto. Se lo puede llevar.

El agente coge el portátil entregándolo a uno de sus acompañantes y todas las hojas que están en la mesa con apuntes.

A lo lejos veo como se acerca el presidente del *Center of Investigation of the World Medicine*.

–Malcom lamento lo ocurrido, creo en el descubrimiento tanto como usted y he sentido vergüenza ajena por el comportamiento de los altos cargos que nos dirigen. Lo siento de veras.– Dice dándome una palmada en la espalda.

–Era de esperar... sólo debe mirar por la ventana y ver el mundo en que vivimos, no les interesa que las cosas cambien.– Digo con desánimo.

–Cierto Malcom. Le acompañaré hasta la puerta, no le quiero dejar solo. Sé cómo se siente.

–Gracias.

Bajo totalmente derrotado en el ascensor por todo lo que ha sucedido instantes antes en la conferencia. Todo el esfuerzo invertido en aquellos años por el bien de la humanidad se ha esfumado en minutos por la triste decisión de las personas que rigen nuestros países y también nuestras vidas.

Subo de nuevo al taxi camino del aeropuerto de Chicago. Me sacude en la memoria repetidamente los comentarios egoístas y mezquinos que he escuchado de aquella gente. Lo afirmo me da miedo el mundo.

Además me he sentido un muñeco vulnerable ante las personas que han requisado mi portátil y toda esa valiosa información fruto del esfuerzo. Soy sólo un número más, una marioneta en esta sociedad controlada y manipulada por cargos sin corazón.

Paramos en un semáforo en medio de la ciudad, yo estoy absorto otra vez en la ventanilla. Me siento engañado ante el mundo que me han querido vender desde mi niñez.

A mi lado a pocos metros en la acera observo a una madre pidiendo de rodillas a los peatones con un cartel pidiendo ayuda para su hijo. A su lado está él. Es un niño de unos 4 años con algún problema de malformación en los huesos, no puede andar. Además se le ve mal nutrido. Su rostro de tristeza despierta una lágrima en mi lagrimal derecho. No suelo llorar, pero hoy es diferente.

—Por favor, deténgase aquí. Sólo es un instante— digo al taxista.

Bajo del coche dirigiéndome a la madre con el niño.

—Hola, ¿le puedo ayudar en algo?— digo sin saber qué decir; es lo que me sale del corazón en ese instante.

—Gracias. Sólo pido ayuda para mi hijo. Tiene una grave enfermedad en los huesos, nunca caminará y sólo estamos él y yo. No tengo medios para sacarlo adelante— dice la madre tristemente.

Saco de mi cartera lo único que llevo en ella, 400

dólares, y se los doy a la mujer. Ella no los quiere aceptar pero se los pongo en la cajita de madera, junto a su hijo que en todo momento me observa.

Me acerco delante del niño y me arrodillo frente a él con una sonrisa en mi rostro. La verdad es que daba pena verlo. Su malformación ósea en las piernas le impediría andar y hacer una vida normal toda su vida.

–¿Cómo te llamas?– pregunto sacando fuerzas de dónde no las tenía.

–Paul– contestó débil y muy triste.

–Paul, ¿me dejas que te haga un maravilloso regalo?– digo mientras veo que él me da un gesto de aprobación con su cabeza.

De mi chaqueta saco un pequeño frasco inhalador que pongo en su nariz con la aprobación de la madre, que me contempla en todo momento, y dejo salir unas pequeñas ráfagas de agua evaporada en sus fosas nasales.

–Te sentirás mejor querido Paul– le digo levantándome y acariciando su suave cabeza con mi mano.

Me despido de ellos y subo otra vez al taxi con destino al aeropuerto. Me giro y veo como miran la marcha del vehículo en el que voy.

Su madre parece sonreír… pero el niño sé con total seguridad que *será feliz toda su vida*.

AMOR A DISTANCIA

Lo que piensa él.

Es una lástima que estemos tan lejos el uno del otro, aunque siempre ha sido así, juraría que lo nuestro funcionaría si estuviéramos más cerca. Tú eres mucho más joven que yo, eso no me importa, pero eso sí, serías muy poquita cosa a mi lado. Muchos se mofarían afirmando que no hacemos buena pareja y seríamos el hazmerreír de todos, pero lo admito, me daría totalmente igual, estoy enamorado desde que te vi por primera vez y lo sigo estando... aún no sé el porqué.

Desprendes un aire místico que quizá es lo que realmente te hace diferente a las demás. Yo diría que es tu magnética personalidad la que cautiva a tanta gente e inspira a tantos artistas. Yo no soy artista supongo que ya lo sabes que se me dan muy mal esas cosas, pero lo confieso, al contemplarte nace en mí la inspiración.

¿Seré yo también artista? Pensarás que soy un tonto con lo grandote que soy pero es así.

Muchas veces te miro disimuladamente sin que tú lo sepas: apreciando tu inconfundible piel blanca, tu expresión siempre pálida y bucólica que me embauca, tu misteriosa sonrisa que alegra a los demás, tu camuflada soledad que me enternece y provoca deseos de abrazarte, tu pose elegante con clase... aunque pareces fría. Pero no sé que hay en ti, joder, no lo sé... que a pesar de todo me atraes locamente.

Lo más duro para mí es admitir que lo nuestro será imposible. Dicen que la distancia es el olvido pero en este caso es diferente. Pienso que si algún día decidiera ir en tu busca y presentarme allí delante de ti a la vista de todos, lo echaría todo a perder y de eso, señoras y señores, estoy totalmente seguro. Ustedes me lo echarían en cara seguramente; o sea mejor dejemos las cosas tal y como están.

Aunque el amor es loco y no se extrañen si un día me da por... ya saben.

A tu lado siempre va tu inseparable amiga y siento celos de su presencia. Tu amiga en cuestión es preciosa, y seamos sinceros, está muy buena, pero que muy buenorra, pero no la cambiaría por ti. Palabra.

Yo no me puedo quejar. Soy alguien muy importante en este lugar y, cómo supongo ya debes saber, te confieso con confianza y sin dármelas de fanfarrón que desde siempre he estado muy bien acompañado en mi entorno. En ese sentido, por suerte, nunca he tenido problemas. ¿En algo me ha de ir bien, no? Pero, joder, tú eres diferente.

No tengo nada más que decirte. Si alguna vez alguien tiene el privilegio de hablarte cara a cara, abrazarte o simplemente estar más cerca de lo que yo estoy de ahora de ti, simplemente me gustaría que te cantara aquella canción que siempre quise susurrarte al oído y que dice : "Si tú me dices ven, lo dejo todo."

Te aseguro que lo dejaba todo si tú me lo pidieras… aceptando las desastrosas consecuencias.

Te quiero y te querré siempre.

Lo que piensa ella.

Me cuesta aceptarlo pero eres el único que me pone muy caliente. Sé que a todos doy la imagen de mujer fría y distante, o incluso estrecha para ser más exactos, pero lo confirmo: tú me pones muy caliente.

Siempre te observo cuando estás despistado por allí en tus cosas y no sé si te habrás percatado que tienes locas a todas las que te rodean, desde las más pequeñas hasta las más grandes. Mi amiga esa que siempre está a mi lado, y que todos afirman que está tan buena, la tienes también en el bote. Yo la verdad, a su lado parezco la telonera, no tengo nada que hacer, pero todos me dicen que tengo un aire bohemio que encandila. ¿Tú también lo crees?.

Seguramente nunca te habrás fijado en mí, soy la típica solitaria que pasea pensativa en las noches de este lugar buscando algún agujero infinito donde arrojar esta soledad que me abraza constantemente.

No te deprimas pero lo he estado pensando mucho y lo nuestro es una utopía, no tiene futuro. Somos muy diferentes: tú eres muy pasional, vibrante, chulesco, inmenso, ardiente, posesivo, egocéntrico y muy fogoso (el que más del lugar) sin lugar a dudas, eso último me gusta mucho de ti. Pero seamos realistas yo soy muy fría, huidiza, distante, liberal, callada, independiente y soñadora, enfermizamente soñadora. En definitiva, no veo futuro en lo nuestro.

Otro problema es la distancia, vivimos demasiado lejos uno del otro. Para mí sería un gran problema acercarme hasta ti y tú lo sabes, en cambio si tú te acercas a mí el problema sería aún mayor, liarías una buena. Espero que nunca se te ocurra hacerlo. Además por qué no decirlo, sinceramente, sólo te veo como un objeto sexual, no como una pareja de largo recorrido. No te ofendas.

En fin ya sabes cómo somos las mujeres de hoy en día, dependemos menos de vosotros y en este caso sé con total seguridad que no te necesito, hombretón.

Por cierto, mi nombre es Luna y yo, de cuchicheos que me llegan, sé que te llamas Sol. Por cierto, si te interesas por conocer a mi amiga se llama Tierra.

¡¡Besotes Ciao!! ¡¡Bambino!!!

¿Casualidad?

El GPS de mi automóvil marca que aún me quedan más de 60 kilómetros de curvas peligrosas y de carretera mal asfaltada hasta llegar a mi destino.

Al mismo tiempo observo de refilón, a través de la ventanilla del coche, cómo la tarde empieza a caer, veo cómo el sol se esconde pausadamente entre los picos de las nevadas montañas.

Me dispongo a hacer una visita a mi buena clienta la Sra. Fareli en su pequeña tienda de artículos del hogar.

Soy Federico Frías y ejerzo de representante comercial de las más famosas esponjas de baño del mercado. Recorro todo el territorio nacional en gran parte del año, la verdad no me va nada mal, tengo unas buenas comisiones y mis clientes están muy contentos con mis productos. ¿Quién no ha oído hablar de las famosas esponjas Xapulín, con el lema *"no gaste tanta agua y ahórrese un dinerín"*?

El camino siempre se me hace más ameno con la radio del coche encendida escuchando casi todas las tertulias radiofónicas del día que en todo momento me regalan su compañía en los viajes. Ahora mismo la llevo encendida y justamente en estos instantes acaba de empezar un programa llamado *"Misterios en la oscuridad"*.

Bueno, la verdad es que yo soy muy escéptico con este tipo de programas. Además, he de confesarlo soy muy católico y suelo ir a misa cada semana con mi mujer. Todo esto de los platillos volantes, enanitos verdes y fantasmas, pues cómo que no me creo nada en absoluto. Todo son grandes mentiras para engañar a la gente.

Mientras voy conduciendo lentamente por esta solitaria carretera secundaria no tengo más remedio que prestar toda mi atención a lo que dicen en dicho programa. Hoy curiosamente hablan del fantasma de una chica que se aparece en las curvas parando a los vehículos, para así después desaparecer misteriosamente en el lugar en el que en teoría ella falleció por accidente.

El tema parece inquietante porque muchos de los casos han ocurrido muy cerca de la carretera por la que circulo en estos momentos pero la verdad es que no me inquieta en absoluto ese detalle.

El paisaje que veo ante mí ahora mismo es el de la típica carretera de montaña con gran espesura de árboles a los dos lados de la carretera y un sinfín de continuas curvas mal señalizadas, además del poco tránsito que observo a estas horas de la tarde.

El locutor del programa comenta los diversos casos del fantasma de la chica de las curvas junto a un parapsicólogo con el que desarrolla el coloquio. Todo ello muy bien adornado con una misteriosa música que mientras suena de fondo provoca que el ambiente radiofónico sea inquietante.

–¡Menudos cantamañanas estos tíos! Contando historias para no dormir para que cuatro ignorantes de la vida se crean estas cosas. ¡Madre mía así va este país!– digo riendo de lo que escucho mientras conduzco.

El locutor en estos momentos explica a los radioyentes que, según los testigos que la han recogido en la carretera, la chica tiene un aspecto muy pálido y es poco habladora.

Cuenta también que sus ojos son muy extraños y que en todo momento advierte al conductor del peligro de las curvas de dicha carretera hasta que desaparece de forma inexplicable.

–¡Buaa! Menuda gilipollez jajajaja. ¿Quién se traga esta historia? Seguro que las cuatro marujas menopáusicas de turno y los cuatro mega frikis enganchados a estos temas.

La escasa luz de la tarde me obliga a encender las luces de posición del coche.

De fondo continúan las sonoras declaraciones de los testigos del misterio de la chica de las curvas, que se siguen mezclando en mi cabeza junto a la imagen repetitiva y monótona de esta desierta carretera.

A lo lejos, al final de la recta, antes de llegar a una curva muy cerrada y bien señalizada observo la silueta de alguien en el arcén que parece inmóvil allí de pie. A medida que voy desacelerando el coche aprecio que es una chica muy escotada y con una bolsa en su hombro. En mis adentros me digo:

—¡Ja! Mira la tía de la curva.

Son cerca de las nueve y no tengo más remedio que parar a recogerla si no se helará de frío en este solitario lugar.

Paro el coche justo a su lado y observo cómo ella permanece impasible, ni se inmuta de mi presencia. Ahora la puedo ver bien, es rubia y curiosamente de tez muy blanca, admito que me inquieta un poco, sobre todo su forma de mirarme. Sus ojos son oscuros, muy enigmáticos.

Tras unos segundos en total silencio allí parado bajo la ventanilla que da al asiento de mi derecha y pudiendo contemplar su fría mirada le propongo si quiere que la lleve.

—¿Quieres que te acerque al siguiente pueblo? Aquí te vas a helar.

Su rictus frío y misterioso parece meditar mi propuesta.

Tras unos segundos inclina su cabeza de arriba abajo dándome su confirmación. Se sube al coche sin articular palabra y se abrocha el cinturón muy lentamente.

–¡Qué casualidad! Estoy escuchando un programa de radio en el que hablan de la chica fantasma de la curvas y te recojo a ti justamente en esta curva. ¿Curioso, no?– digo intentando romper ese incómodo silencio con una broma algo escabrosa.

Observo como ella esboza una muy leve sonrisa sin dejar de mirar por su ventanilla.

–¿Qué haces por aquí a estas horas? Porque por aquí no hay nada, sólo este bosque y un frío que te pelas– digo intentando sacarle alguna palabra.

–Siempre estoy aquí a estas horas, siempre– dice pausadamente y sin separar la vista de su ventanilla.

–Ah… es que yo no soy de por aquí, ¿sabes? – digo muy extrañado.

La verdad es que no sabía qué podría hacer una chica cada día en un lugar tan solitario como éste.

Justamente en la radio está hablando una mujer aterrorizada en la que testifica haber subido aquella chica a su coche. Para mi sorpresa, la descripción de la chica es exactamente igual a la que yo tengo a mi lado. Un escalofrío me recorre todo el cuerpo ante la posibilidad de que quizá yo soy otra de esas personas que ha subido al vehículo a la chica fantasma de las curvas.

La extraña chica, tras escuchar aquellas palabras de la mujer, extiende su mano rápidamente hacia los mandos de la radio para pararla sin articular palabra.

El miedo está despertando en mí, aquella reacción ha puesto en alerta mis sentidos.

–¿Será verdad esa historia?– pienso para mí.

–¿Por qué la has parado?– le pregunto con inquietud.

–Me da miedo– dice con una voz suave pero muy leve.

–¿Vives por aquí?– pregunto para tratar calmarla.

–Soy de muy lejos, pero siempre estoy por aquí– responde mirándome fijamente a los ojos.

Su mirada me hiela las venas. El miedo se intensifica un poco más.

–Perdona mi curiosidad, ¿pero qué haces cada día por aquí?– le pregunto con cautela.

–¿Tú qué crees? Lo deberías saber muy bien– dice clavando sus ojos profundamente en los míos.

La luz del día ya es escasa y apenas puedo ver su enigmático rostro, sólo veo el resplandor de esos ojos que se me clavan cada vez con más intensidad. Me estoy poniendo muy nervioso pero debo disimularlo.

Apenas quedan 15 kilómetros para llegar al pueblo más cercano, se me va a hacer eterno.

–Pues no lo sé. ¿Qué haces por aquí cada día?– digo con tal estado de nervios que casi me salgo de la carretera en una curva con poca visibilidad provocando un leve frenazo.

–Subo a los coches y... Por cierto, ten cuidado con las curvas porque casi nos matamos en esta última– comenta mientras se acomoda a mi costado pasando su mano izquierda por mi cuello.

Su piel esta fría. Estoy tan acojonado que no articulo palabra, sólo deseo llegar a la próxima localidad. Además ha mencionado la curva anterior... ¡Es ella! No hay duda.

–¿Y qué haces en los coches? ¿Eres la chica de las curvas? – le digo totalmente desencajado sin valor de mirar a sus ojos y sintiendo su mano fría en mi cuello como una serpiente jugueteando con su presa.

–Soy de la curva y de la carretera. Para allí en ese arcén y verás realmente quién soy– dice acercando su pálido y misterioso rostro a mi cara.

Siento su frío aliento y su piel fría apretar mi sudado cuello. Mi corazón cada vez va más rápido dificultando mi apresurada respiración. Le hago caso y con todo el pánico del mundo aparco lentamente sin apagar el motor en el arcén tal y cómo ella me ha indicado.

Trago saliva y saco fuerzas de dónde no las tengo.

—¿Ahora vas a desaparecer?— digo con todo el terror instalado en mi cuerpo cerrando los ojos y apretando fuertemente el volante.

—Sí, mira como desaparezco— dice ella.

La chica misteriosa se inclina hacia mis pantalones en busca de mi bragueta y totalmente asombrado noto cómo me la desabrocha muy delicadamente, y la verdad con mucho estilo.

—¡Oye! ¿Pero tú no eres la chica de las curvas?

—Sí, mira que curvas...— dice desabrochándose los botones de la blusa, mostrándome unas grandes y espectaculares tetas.

—¡Aquí tienes tus curvas atontado! 100 euros si quieres jugar con ellas.

...Y colorín colorado, estos relatos se han acabado.

Sobre el autor

Nacido en Barcelona en el mes de Julio del 68. Se crió en Cerdanyola del Vallès, una localidad cercana a Barcelona. Ya de muy pequeño su carácter tímido y soñador le empujó a sentirse atraído por el mundo de lo artístico. Durante sus estudios destacó por su peculiar imaginación en las redacciones y relatos por los que recibió diversos reconocimientos.

Pasaron los años y, además de la escritura, se embarcó en el inmenso océano de las notas musicales. Llegó a formar parte de varios grupos musicales de diversas tendencias hasta adentrarse también en la aventura de la canción de autor en solitario y de la composición de música instrumental. Ha compuesto música para Televisión Española, cine y muchas producciones propias.

También estuvo produciendo y presentando en *Ràdio Vitamènia* de COM RADIO el programa semanal "*I tu què penses?*", programa de tertulia y debate con todo tipo de personas de diversas ideologías.

En la actualidad, además de la presente recopilación de relatos, es autor de la novela *El enigma de Paul*.

www.ingramcontent.com/pod-product-compliance
Lightning Source LLC
Chambersburg PA
CBHW071314200626

46813CB00015B/2199

* 9 7 8 8 4 9 3 9 7 8 7 9 2 *